LOCUS

LOCUS

LOCUS

城市睡美人

Sleeping Beauty Don't Cry

這裡的五則故事
有童話的純眞
有一些人走出自己限制與障礙的熱情

山不就我，我就山

郝明義

　　我是在一歲剛過一點的時候，患了小兒麻痺，從此要靠拐杖才能走路。但很長一段時間，我不願意承認自己是個「殘障」，也不願意和「殘障者」之類的稱呼扯上關係。

　　主要有兩個原因。

　　第一個原因，就是我從根本上不同意「殘障」的說法。我的基本想法是：人，各有不便。下肢不便而要拄拐杖的人，和視力不好要戴眼鏡的人，並沒有不同。或者，換個比方，在籃球場上，和喬登比起來，太多人就算不拄拐杖，仍然不脅「殘障」。「殘障」應該是個相對，而不是絕對的概念。

　　第二個原因，來自於多年前接受一次採訪的經驗。我和記者再三說明自己的觀念，但是出來的文章，我還是成了一個「奮發向上，不爲肢體限制所困」等等的「殘障有爲青年」。我實在不覺得自己有多奮發——我在工作上有什麼成果，固然有努力在內，也有運氣在內，和「殘障有爲」沒有必然的關係。

　　我覺得，「殘障」的說法，實在粗糙。(日本稱爲「身障」，表明只是身體的障礙，就細緻許多。)所以，我以不談「殘障」，不和「殘障者」的活動扯上關係，來當作某種行動與聲明。

二〇〇一年，一個七月天，我上了次劉銘和李燕主持的廣播節目「劉銘‧李燕時間」。看他們兩位不良於行，在播音間裡卻呈現那麼活潑、生動的主持風格，深為感佩。下了節目後，也就向他們兩位請教了一下現在「殘障」者的就業狀況。我相信以台灣今天的法令和社會環境而言，「殘障」者的就業狀況，應該和我過去所知道的，大不相同。

但他們告訴我，沒有。

「殘障」者的主要就業還是四種：按摩、算命、修鐘錶、刻印章。雖然根據法令，公家機關每有五十名雇員就須聘用一名「殘障」者，私人企業每有一百名雇員就須聘用一名「殘障」者，否則就得罰款，但大家寧願罰款。因為這樣罰下來的款，光是台北市一個地方就累積了五十三億元（二〇〇一年的數字）。

和他們的談話，讓我很意外。

那天晚上回家之後，我想了很久。

顯然，這麼長的時間，我想以自己的行動和聲明方式，來和這個社會對「殘障」的認知與對待產生些對照，是完全沒有作用。我以為自己的見解、主張可以產生些什麼作用，但，沒有。

想了一陣，覺得客氣點說，我這是陳義過高，在象牙塔裡了。不客氣點說，簡直是駝鳥，不知人間疾苦了。

那，我可以做點什麼呢？

我一時也想不出什麼。所以，決定回歸基本面，先從學習當一個「殘障者」做起。於是，我每個月用一天晚上，去劉銘和李燕他們的廣青文教基金會當義工，本來是想當生命線的接線生，聽答殘障朋友打進來的電話，後來聽從他們的安排，用兩個小時的時間，和一些朋友聊天。聊讀書心得，聊大家生活裡碰到的事情。

　　在我能想到多做點什麼之前，最重要的，還是先讓自己習慣於和「殘障」在一起，習慣於自稱「殘障」，習慣於從「殘障」的角度思考一些問題。

　　於是除了劉銘和李燕之外，我又認識了雅婷、文玲、佳穎，以及許多其他身體各種不便的朋友，也認識了Ajohn、李先生這些身體沒有不方便的義工朋友。

　　這樣持續了將近兩年的時間。

　　這段時間，我學到了不少重要的東西。

　　跟著他們一起觀賞廣青主辦的一個身心障礙者紀錄片影展「圓缺之間」的時候，就收穫很多。

　　那個影展中，有兩部電影讓我無法忘懷。

　　第一部是《聲音與憤怒》。一對聽障夫妻，有一個五歲的聽障女兒。父親在華爾街工作，收入及家境都在中上。家人之間，以手語溝通十分自然。但是漂亮活潑的女兒開始有一個要求──

她還是想聽聽其他朋友到底是怎麼講話的，想要裝一個可以幫聽障者擁有聽覺，並且進而學習發聲說話的「電子耳」。

父母親陷入了兩難。要裝「電子耳」，應該儘早趁幼年時進行。但另一方面，他們又希望女兒在心智成熟之後，才自己判斷到底需不需要裝「電子耳」。於是他們針對「電子耳」技術四處進行探訪、辯論——辯論「電子耳」對聽障者到底帶來助益還是另一種障礙。

因為，他們認為無聲的世界是美妙的；和手語溝通比起來，言語溝通是粗糙的。他們不忍心讓女兒錯過這麼美好的文化。

另一部電影是《鐵肺人生》。主角馬克，不但因為重度小兒麻痺而脊椎嚴重扭曲變形，只能躺在電動輪床上，甚至難以自行呼吸，因而必須置身於一個圓桶形的「鐵肺」裡才能生存。馬克啟發我最大的，是他講的一句話："Disabled" doesn't mean "Handicapped".（"Disabled"並不等同"Handicapped"）

"Disabled"和"Handicapped"在英語世界裡都蠻常見的，以前我沒有注意其中的差別。聽了馬克的話，查了一下字典（劍橋大學在網路上的Cambridge International Dictionary），發現大有不同。

"Disabled"指的是「欠缺某種肢體能力」。

"Handicapped"指的是「經由先天、意外或疾病而導致的一

種心理或生理情況，因這種情況而使得日常起居要比沒有這種情況的人困難一些。」

換言之，"Disabled"只是一種事實陳述，陳述「欠缺某種肢體能力」；"Handicapped"則強調「日常起居要……困難一些。」

"Disabled"和"Handicapped"，我們一不小心就容易譯為自己所熟悉的一些稱呼，譬如「殘障」。但是即使生活重度不便，必須以「鐵肺」為生的馬克，還這麼注重"Disabled"和"Handicapped"的差異，主張"Disabled"並不等同"Handicapped"，令我深為感動。

這兩部電影，都讓我體會到過去我那種只是不談「殘障」，不和「殘障」扯上關係的想法和做法，有多麼粗糙，甚至幼稚。

還有一件事，也是如果不和他們在一起，我做夢也想不到的。

有一次，我們談到宗教信仰。我自己因為佛教的受益甚多，覺得像《金剛經》裡「應無所住而生其心」的道理，對殘障朋友面對人生應該很有幫助，因此就大力推薦。

當時在座的人，臉色都有點奇怪。了解之下，我才發現那天到場的殘障朋友不但對佛教甚為排斥，甚至可以說敵意很深。聽說，他們所認識的其他殘障朋友，也大多如此。

我真是大惑不解。

原來，許多殘障朋友從小就從週遭的人口中得知佛教裡有「因果報應」的說法。所以，他們耳不能聞、目不能見、腦性痲痺、心智發展遲緩、肢體嚴重障礙，都是「因為前世造了業」。而他們經常因為這些所謂的「業」而被人視為某種「罪人」。像劉銘講的一個狀況就很有代表性。

　　廣青原來有一個體格很健壯的義工，經常揹劉銘上樓下樓的，非常熱情。後來，這個義工逐漸和他們疏遠。他們打聽之下，原來有個「高人」指點這個義工，說是這些殘障都是前世造業的人，所以這次來受罪，跟他們接觸多了，自己也會倒楣。

　　因而，許多殘障朋友就感覺到佛教的道理不像是來拯救他們，而是來懲罰他們。於是就對佛教產生了排斥。他們告訴我，殘障朋友很多都是信基督教，因為基督教起碼讓他們感受到：只要信主就得救。

　　我被那些斷章取義，一知半解的「因果報應」說法搞得啼笑皆非。可是看我這些朋友談到佛教那種排斥的神色，只能大略澄清，不想也無法深入說明。不過，最後幸好我想到了教他們以後碰上這種情況怎麼應對的說法。

　　大家興致來了：「怎麼說？」

　　「賓果！啞巴！──恭喜你造了自己的口業！」

　　我看到大家都興致高昂地伸手指指：「賓果！」

做這兩年的義工，雖然起因是想到「殘障」的名實要分開看待，不要執著於對「殘障」的正名，而忽視對「殘障」可以進行的實質助益，但是，話說回來，對「殘障」可以進行的實質助益，還是和「殘障」如何正名有密不可分的關係。

　　我們怎麼稱呼「殘障」，就會影響我們怎麼對待「殘障」。同樣地，我們怎麼對待「殘障」，當然也會回頭影響怎麼稱呼「殘障」。

　　像美國這樣只以肢體及生活上的不便來形容「殘障」的社會，當然他們社會所提供的環境也不會殘缺不全。看馬克的情況，一九八○年代，他這個躺在「鐵肺」裡的人，就可以利用電動輪床（因為他坐不起來沒法坐輪椅），就讀柏克萊大學，進而在畢業之後，成了記者兼詩人（用嘴巴咬著一根桿子敲打電腦鍵盤）。那個社會的無障礙空間有多麼發達。不只如此。馬克還可以擁有Sex Surrogate（性輔導師）的服務，幫助馬克面對他對性的焦慮與問題。（「性輔導師」都受過特別訓練，經過心理醫師的「處方」後，可以為重度「殘障」的人進行包括性交在內的服務，但以八次為限──以免被輔導者產生感情糾葛。）

　　有這樣對待「殘障」的文化，當然也就難怪有人會細究"Disabled"和"Handicapped"這種稱呼「殘障」名稱的細微差異了。

只有當怎麼稱呼「殘障」的文化和怎麼對待「殘障」的文化達到一種適當的均衡和層次時，「殘障」本身的文化才會發展起來。就像是《聲音與憤怒》中那個聽障的父親，如果不是他的社會讓他早已經超脫怎麼稱呼他的聽障，怎麼對待他的聽障的層次，他也很難那麼熱愛自己的手語，甚至認為那是種比説話還細緻的文化。

　　今天，我們的社會裡，過去有「殘廢」之説，後來調整為「殘障」，再後來，法定的稱呼又改為「身心障礙者」。但最後一個稱呼，有人認為把本來只是「身障礙者」的人強迫性地加上「心」也有毛病的帽子，因而難以推廣。所以，我們在稱呼上的顛顛簸簸，和我們的無障礙空間總是七折八扣，不是沒有關係的。

　　那麼，對台灣的「殘障」同胞來説，又要怎麼打開這個糾纏不清的結呢？在我們的稱呼和對待都在顛簸不定的時候，在我們社會雖然已經有「殘障雇用法」，但是光台北市因為違背這個法而罰的款就高達五十三億元的時候，我們要怎麼打開這個糾纏不清的結呢？

　　有答案。

　　那就是不要等到怎麼稱呼「殘障」的文化和怎麼對待「殘障」的文化達到一種適當的均衡和層次之後，才來發展「殘障」本身的文化。我們乾脆在怎麼稱呼「殘障」的文化和怎麼對待「殘障」

的文化都沒有發展起來的時候，先來發展「殘障」本身的文化。

「殘障」者需要發展自己的文化，社會需要發展對「殘障」文化的尊重，就和少數民族需要發展自己的文化，社會需要發展對少數民族文化的尊重的道理，是一樣的。如果社會本身還沒發展出對少數民族文化的尊重，那麼少數民族只有自己先發展出對自己文化的尊重。

山不就我，我就山。

這也是我就自己另一個身分——出版者——的立場而言，非常樂意看到李燕和Ajohn合作創作出這本書的一個原因。

在我當義工的期間，因為大家每個月見一次面，有些朋友就會拿些稿子要我看看，希望我給些意見。

其中，李燕給我看的文章，從一篇、兩篇累積出一本書的計劃：《城市睡美人》。這書講的是五個殘障朋友的故事。第一篇，是患了神經纖維瘤的吳佳穎；第二篇，是與小兒麻痺為友的徐銀嬌；第三篇，是罹患青光眼的江志忠；第四篇，是得了類風濕性關節炎的周子祥；第五篇，是患了小腦萎縮症的夏艷芬。

繪圖的人，Ajohn，前面說過，是一位義工。他的肢體並沒有障礙，年紀也很輕。

我在廣青這段時間體會到的是：現在殘障者現在所需要的不再是各種就業輔導，或是「身有一技之長」，相對的，現在需要

的是社會願意接受大家已經「身有一技之長」，讓大家有實際工作的機會。而我要說的是：當社會還沒願意接受大家已經「身有一技之長」，讓大家有實際工作機會時，我們乾脆自己創造表現自己的機會。

李燕和Ajohn的搭配，正是這樣一次創造自己表現的機會。

當然，他們兩人的搭配，是兩位新手第一次上路。不論在文字，還是繪畫裡，都可以看到一些青澀的痕跡。而這一點青澀，我希望不是他們創造一個新的文化的阻礙，而是他們創造一個新的文化的見證。

這個新文化不只是和兩位創作者有關，和吳佳穎、徐銀嬌、江志忠、夏艷芬這些還在奮鬥的主角有關，和周子祥這位已經離開人世的主角有關，也和所有與「殘障」、「身心障礙者」等稱呼有關的人有關。

我們鼓掌。

代　序

　　這是國內極少數以障礙者為故事內容的繪本。

　　這群我們稱之為「身心障礙」的朋友，不論他們是因先天或後天，疾病或意外傷害造成了生、心理的缺陷，他們的生命面貌卻跟你我一樣，呈現多種樣式；有時是絢爛繽紛，令人目不暇給；有時卻殘缺破敗，令人慘不忍睹。

　　障礙者的生命故事往往就在擺盪在這兩者之間……

　　本會向來是以打造障礙者的心靈工程為主，在2000年成立了國內第一支服務障礙者的「聽你說」心情支持專線，從中發現了許多障礙者，不論其障礙類別，或是程度有多大的不同，他們面對殘缺的軀殼與克服障礙的過程總是令人動容。

　　我在他們身上看見生命的奇蹟。

　　因此本會一直期盼能將這些豐富的生命過程介紹給其他人，提醒朋友：當面對生命課題時，你會做出什麼回應？

　　1999年，警察廣播電台兩位節目主持人劉銘、李燕與多位聯合報記者，共同出版《愛的路上你和我》一書，並捐贈本會版

稅，此書讓許多朋友認識了身心障礙者。

今年，我們想以不同方式，讓更多讀者認識這群朋友，遂由廣青的同仁李燕發想：童話故事裡的人物，不論給讀者的印象是愉快、活潑或是憐愛的，總是令人難忘，我們假想，這樣的印象如果套用在介紹的障礙者身上，除其象徵意義外，會不會也讓讀者覺得親近、覺得輕鬆、沒有壓力、甚至有重回童年的親切感？因此，就決定用童話繪本方式來介紹障礙者的生命故事。

於是，李燕就負責文案撰寫、邀請Ajohn來繪圖，一起創作這本小書。短短的故事、小小的插畫，並不能完整訴說這些主角的生命歷程，但期望引發讀者更多的想像。

最後，要感謝大塊文化出版公司的協助，藉著此書問世，為殘障者與非障礙者搭起了一座認識與交流的橋樑，以及作者李燕捐出個人版稅給本會，作為打造障礙者心靈工程專款。當然，最要感謝的是，書中提供創作素材的五位主角，因著你們繽紛多彩的生命故事，才能成就此書。

現在，就讓我們進入這五位主角的生命色彩裡吧！

財團法人廣青文教基金會　董事長　鄭信真

目錄

catch059 城市睡美人

文：李 燕

圖：Ajohn

責任編輯：韓秀玫　美術編輯：何萍萍

法律顧問：全理法律事務所董安丹律師

出版者：大塊文化出版股份有限公司

台北市105南京東路四段25號11樓

www.locuspublishing.com

讀者服務專線：0800-006-689

TEL：(02)87123898　FAX：(02)87123897

郵撥帳號：18955675　戶名：大塊文化出版股份有限公司

e-mail:locus@locuspublishing.com

行政院新聞局局版北市業字第706號

版權所有 翻印必究

總經銷：大和書報圖書股份有限公司　地址：台北縣五股工業區五工五路2號

TEL：(02)8990-2588(代表號)　FAX：(02)2290-1658

製版：瑞豐實業股份有限公司

初版一刷：2003年7月　初版三刷：2007年11月

定價：新台幣199元

ISBN 986-7975-93-6

Printed in Taiwan

財團法人│國家文化藝術│基金會　贊助

都市叢林的睡美人

——吳佳穎的故事

二十四歲那年，
我在這個都市的一棟七層樓上，
成了水泥叢林裡終日昏睡的「睡美人」。

睡美人在等她的白馬王子，而我呢？

我常想，不跟人結怨，與人合好的我，
爲什麼會遭到巫婆凶狠的咒詛？
巫婆給我的咒詛，就是「神經纖維瘤」！
腫瘤在我身上四處亂竄，像顆不定時炸彈，
不知道它會在什麼時候、什麼地方出現。

有時候出現在我手臂的皮膚底層，
有時在胸部附近……
有過幾次開刀割除的經驗，
我天眞地以爲就這樣了。

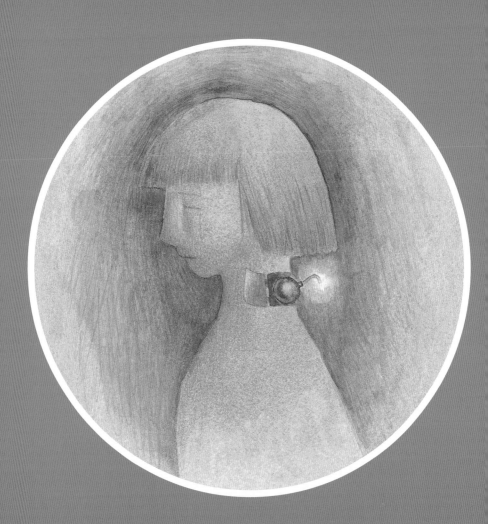

沒想到，在專科畢業旅行途中，
這顆神經纖維瘤，
竟然長在我頸椎的神經上，
改變了我的一生。

它兇猛的威力，
讓我四肢癱瘓、無法行動。

我嚇壞了，媽媽也嚇壞了。

從小，我就聽話，
生活中大大小小的事，
都由媽媽安排。

也因為這樣，媽媽到現在都還常說，
想把個頭嬌小的我放在口袋裡，
這樣就可以隨時看顧我。

從發病的那一刻起，
我就只能動彈不得地躺在床上，
盯著天花板。

但是，我不想這樣活著，
不想成為家人一輩子的包袱！
我心裡吶喊著。

我可不可以，
一睡不醒？
每天晚上臨睡前，
我就祈禱不要看到明天的太陽。

只是，明天從不遲到的來臨。

想死，
是我唯一能對抗這詛咒的方法。

有天，
用盡力氣好不容易地掙扎到窗前，
告訴自己，往下一跳，
痛苦就全部結束…

媽媽看出我的想法，
緊緊抱住我說，你跳，
我也跟著跳。

我不知道，睡美人恨不恨巫婆？
我只知道，不能恨任何人。

之後我就積極與媽媽到各處求醫、做復健。

花了五年時間，
終於能從癱瘓在床，
進步到藉助行器走路。

30

我帶著頸圈、拿著四腳助行器，
緩步吃力地走在行人道。
過馬路速度太慢，開車的司機會大罵，
說我這種人不應該出來丟人現眼！

這樣令人難堪的話，重重打擊著我，
讓我想再度昏睡，不願醒。
可是，我聽見有個聲音說，
我已經睡了五年，四萬三千多個小時，
還有多少個五年，可以這樣沉睡不醒呢？

吻醒睡美人是白馬王子的一吻。

真正吻醒我的，卻是那通電話。

那是跟著媽媽參加了一個
身心障礙團體之後的事。

我的心在那裡漸漸甦醒了，
甚至開始擔任
服務障礙者專線的志工。

打來電話那端的母親，
正爲著與我有
相同疾病的女兒憂心，
聽她那充滿愧疚、
無力的語調，
我想起愛我的母親，
也想起那段日子。

我流著淚水安慰她，無論未來如何，
你們母女一定會像我們一樣走過的。

是的，我終於明白，
我所受的苦就是要讓我能去安慰、
鼓勵與我相同命運的陌生人，
告訴他們，我能，你也能！

如今，巫婆給我的咒詛依然存在，
但我已不再是睡美人了，
因為我學會與咒詛共處，
也找到了受苦的答案，
這讓我有繼續活下去的動力。

陸地上的美人魚

——徐銀嬌的故事

第一眼看見大海，
想起了悠遊在海裡的美人魚
是如何擺動著美麗的鰭，
穿梭於珊瑚群內，
和各色各樣的魚兒玩耍。

她不需要腳，
而我也沒有一雙行動自如的腳。

44

兩歲時，
罹患小兒麻痺症，
雙腳不能走，
只能在地上爬。

在家裡，
我爬上床爬下桌，
爬進房間爬出廚房，
自由的很，
不覺得有什麼不好。

45

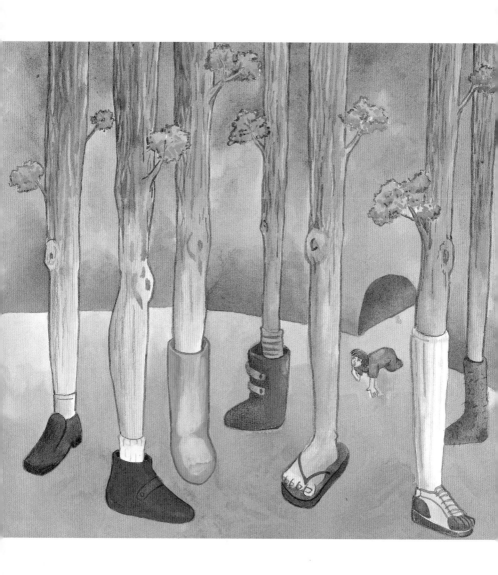

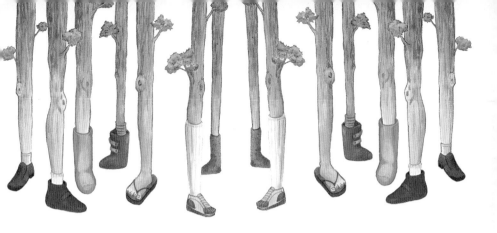

當美人魚愛上有著雙腳的王子，
渴望能跟他並肩散步時，
她的命運就有了改變。

我也是那天爬出院子外的世界，
才發現自己跟別人是多麼不同！

48

鄰居小孩學我用手掌撐地、
屁股翹得老高，在地上爬的樣子。

他們邊學邊笑，在大笑聲裡，我感到羞愧，
因此，我再也不敢爬出家門外。

渴望，像那想伸手一抹
情人眉睫上欲滴的淚珠。

為了滿足渴望，美人魚苦心尋找，
即使是巫婆的毒藥，也在所不惜。

我偷偷摸摸的躲在大門縫後，
看著小孩嬉鬧地玩跳格子、
瘋狂地互相追逐，好生羨慕。

我在腦海裡勾勒遊戲陣容，
幻想自己是最厲害的那一個！

直到10歲，
母親為了讓我能夠上學，
請堂哥做一副木頭枴杖，
這樣我就可以抬頭挺胸地走路了。

美人魚喝下巫婆的毒藥，
有了雙腳後，才知每走一步路，
就必須忍受如萬針穿刺的椎心之痛。

剛學走路時，跌倒是家常便飯，
手掌、膝蓋總是烏青、紅腫。

我咬牙苦撐，從不喊疼，
只為了能撐著枴杖，跟其他人一樣走路。

上學，令我興奮，也讓我難過。

調皮的同學常把我的木頭柺杖弄斷，
柺杖斷了，我又只能回到地上爬。

雖然會有好心的同學
用丟垃圾的推車推我回家，
可是坐在上面，卻威風不起來，
反而覺得自己像是垃圾。

總以為會走之後，
就永遠幸福快樂，
沒想到，
竟會有著這麼多的痛苦。

就如喝下毒藥的美人魚，
也絕想不到，
王子會背叛她娶了別人。

大海，
是美人魚的故鄉。

失去了愛，
美人魚必須重回大海化為泡沫，
以償還最初的承諾。

二十歲了，
我才第一次看到大海，
哇！真的好驚訝！
出生在漁村的我，
從未看過大海。

長大了，
才在朋友的陪伴下來到海邊。

當陽光穿透雲層灑在海面，
　將白浪鑲上了金黃光邊，
　像極了美人魚公主的皇冠。

　我加快腳步跑向海邊，
　突然，跌倒在沙灘上，
　　　原來我早已忘了
　腳上那又笨又重的肢架。

解開肢架，
可以快速地爬向海邊，
但這雙肢架是我的腳；
是我付出代價後，才擁有的。

比美人魚幸運的是，
別人再也奪不走我行動的能力。

於是我努力地再站起來，
往前挪動。

看見細小泡沫消失在沙灘上，
我用雙手舀起海水，
放在嘴邊。

哇！海水竟跟淚水一樣，
都是鹹的。

拿標槍的青蛙王子

——江志忠的故事

站在萬人沸騰的運動場上，
聽著歡聲雷動的掌聲，
自己儼然成了王子，一位青蛙王子。

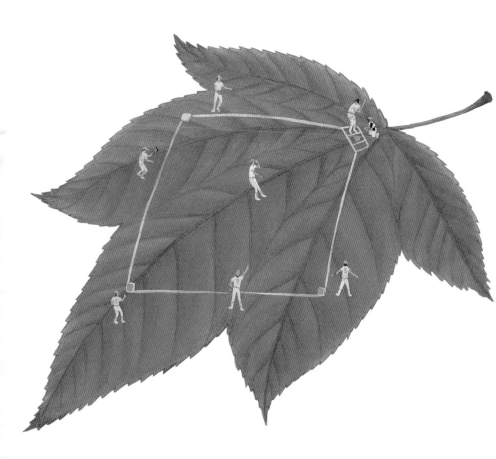

我是原住民，
紅葉少棒是我們的光榮，
也是我的偶像。

從小的志願就是成為棒球選手，
風光的出國比賽。

於是，整天就是練球、練球、再練球，
直到，爸爸過世……

王子得罪女巫，被下了符咒，
所以變成青蛙。

搞不懂童話裡的主角，
怎麼老是得罪巫婆？

爸爸走的那年，
我的眼睛漸漸看不見。
部落裡的巫師問了祖靈，
瞪大著眼睛對我說，
你被詛咒了！
她的話也一樣讓我搞不懂。

國中時，
到山下看醫生，
才知道我得了青光眼，
成為弱視。

看東西必須歪著頭才看得到；
太遠的東西則無法看見。

四肢雖然健全但失去視力,
怎麼在球場上飛奔盜壘,
或是縱身救球?

球打不成了,書也讀不下,
乾脆隨著族人到建築工地
當臨時工賺錢。

扛鋼筋、挑磚頭、拌水泥，
這些粗重的活兒難不倒我。

只有要將拌好的水泥，
一坨坨丟給師傅敷牆時會出錯。

嘿嘿，眼睛不好，
常把水泥塊扔在師傅身上，
就這樣，嘲笑和辱罵，
就像檳榔一樣，不離他們的嘴。

84

覺得好累，選擇逃回老家。
想想外頭的世界還真是無情，
平地人看不起我們原住民。

現在弱視了，
更多了一項被排擠的罪名。

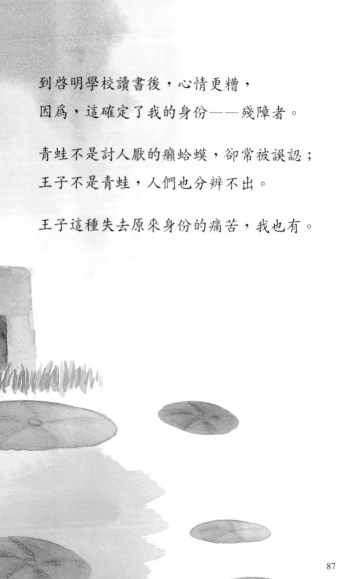

到啓明學校讀書後，心情更糟，
因為，這確定了我的身份——殘障者。

青蛙不是討人厭的癩蛤蟆，卻常被誤認；
王子不是青蛙，人們也分辨不出。

王子這種失去原來身份的痛苦，我也有。

教室裡，常聽到操場傳來大喊大叫的嘻笑聲，
驚訝的想，他們怎麼能發出這麼快樂的聲音？

當我走向前去一探究竟，遇到體育老師問我，
要不要運動？

運動？
我可以嗎？

我還能跑、能跳、能運動嗎？

王子要解除魔咒的唯一方法，
就是遇到愛他的公主親吻他。

可是，誰會願意親吻一隻青蛙呢？

成為弱視後，再也沒有想過，
還能有參加運動比賽的機會。

記得參加「遠南殘障亞運」時，
我連標槍怎麼擲，
都搞不清楚。

當我助跑準備把手中標槍擲出去時，
突然有人從觀眾席上，
一躍而下，拉住我說：
「你怎麼拿標槍的屁股去擲啊！」

童話故事總有個美好的結局，
費盡千辛萬苦的青蛙王子終於找到公主親吻他。

我也有一位貴人，就是我的標槍教練，
他將我從一無是處，塑造成標槍國手，
讓我重拾信心，得到肯定。

今天，2000年10月21日，
我站在雪梨國際殘障奧運的會場，
領取金牌；我知道，
這一刻我證明了殘障不代表殘廢，
而我也像標槍一樣，找到人生的方向。

不哭泣的拇指姑娘

——周子祥的故事

醫院裡有許多剛出生的嬰兒，
看他們小手小腳的模樣，
會讓我想到童話故事裡的拇指姑娘。

一對沒有小孩的老夫妻，
向上天祈求一個小孩，
拇指姑娘就是上天應允他們的小孩。

爸爸是小學老師，他一直想要個女兒，
可是，媽媽卻一連生了兩個男孩，
盼了好多年，我才出生。

爸爸高興的不得了，
從小就把我捧在掌心裡呵護著，
說我是他們的「掌上明珠」。

誕生在小小花瓣上的拇指姑娘，
也是享受著老夫妻全心的愛。

一歲時，
醫生宣判我罹患了
「類風濕性關節炎」，
爸媽沒有捨棄我，
還用最多的愛，
給我最大的關懷。

爸媽怕我生病無聊，
就買了整套
有趣又好笑的相聲集錦給我聽；
知道我喜歡kitty貓，
就把我臥室
塞滿了各式各樣的kitty玩偶，
就連床單都是kitty花紋的呢！

童話故事裡，引人入勝的情節，
不都是從主角歷經劫難開始？
拇指姑娘也不例外，當她被癩蛤蟆搶去當新娘開始，
故事就進入高潮。

原本快樂的拇指姑娘，一夕之間，

莫明地開始了艱困的旅程，一會兒被逼著與癩蛤蟆成親，

一會兒遇到暴風雨在葉片上漂流。

我的生命高潮也是從一場大病開始。

剛讀國中，正是青春期的我，因著這場病，
身體沒有慢慢成熟，
反而開始萎縮、器官退化，像個小小孩。

那段期間，進出醫院是家常便飯。
病情只要不穩定，
醫院就發出「病危通知單」給爸媽，
這些通知單累積到後來都可以裝訂成冊了。

拇指姑娘在流浪過程中，不只遇見壞人，
也曾碰到有愛心的田鼠媽媽在冬夜裡收容她，
甚至希望她永遠留下來。

只是，當拇指姑娘想起遠方的爸媽時，
她還是決定要回到爸媽的身邊。

五年前，醫師說，我的生命如同將殘燈火，
只要一口氣隨時會被吹熄。
沒想到，這一殘火，卻多撐了五年。

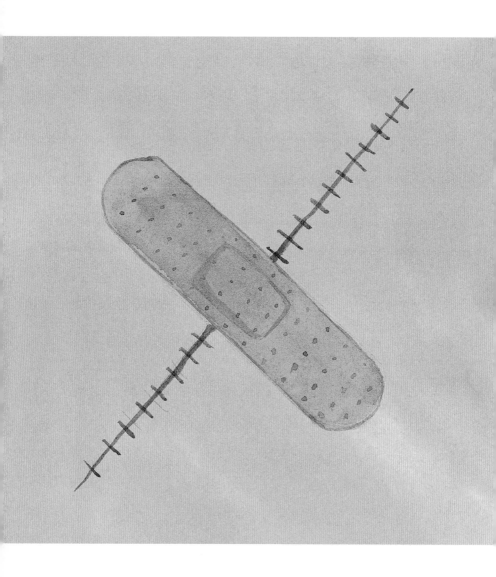

這當中，有好幾次在死門關邊徘徊，
所幸都能化險爲夷。

很多人問，這麼弱小的妳，
與死神拔河怎麼贏得過祂那有力的臂膀？

其實跟拇指姑娘一樣，
我每次也都是靠著爸媽聲聲呼喚，
喚起了我求生意志，
才能掙脫死神有力的雙手，
回到他們身邊。

拇指姑娘遇到挫折，總是勇敢面對，
我也總是咬著牙、忍著淚，
來面對我身上的病痛。

記得有一次，
我手術後縫合的傷口迸開流血，
我不哭也不嚷，只怕爸媽會跟著難過。

我真的很愛我的爸媽、我的家人，
多希望能像童話故事裡
有一個美好的結局，
我能夠永遠地陪在他們身邊！

可是，當人一出生的同時，
不也就等於收下了死亡證書？

萬般不捨，
我還是在2000年4月27日，
握上了天使的手，
由祂領我去新天新地。

在我的喪禮上，看見親愛的爸媽、
兄長，以及朋友們流著淚，
哀悼我的離去時，我好想對他們說：
「回顧這二十六年的歲月裡，
你們真的給了我太多太多的愛，
滿滿地愛成就了我的羽翼，
讓我能脫離病痛身軀、快樂翱翔。」

所以，

我要再說一聲，謝謝你們，

再見了我愛的人。

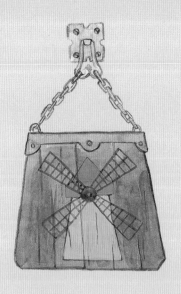

對抗小腦萎縮的唐吉訶德

——夏艷芬的故事

To dream the impossible dream,
to fight the unbeatable foe…
(去做一個實現不了的夢，
去打一個打不敗的敵人…)

每當這首「不可能實現的夢」歌聲響起時，
我就像歌詞中，
為正義奮戰的唐吉訶德一般，
高喊著向前衝啊！
即使雙臂已疲，
我仍要盡力去摘取那摘不到的星星，
因為，我是向命運挑戰的夢幻騎士。

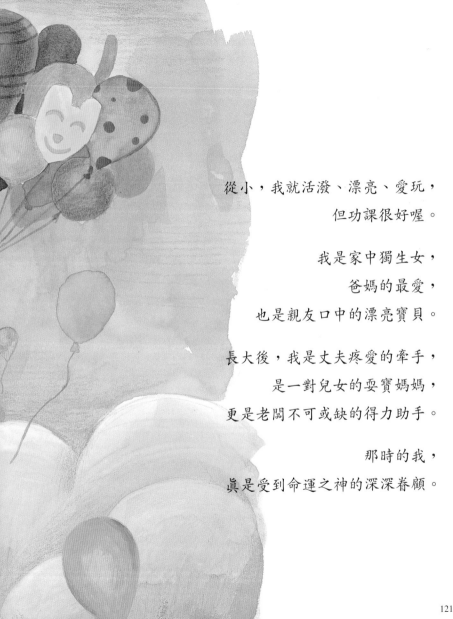

從小，我就活潑、漂亮、愛玩，
但功課很好喔。

我是家中獨生女，
爸媽的最愛，
也是親友口中的漂亮寶貝。

長大後，我是丈夫疼愛的牽手，
是一對兒女的耍寶媽媽，
更是老闆不可或缺的得力助手。

那時的我，
真是受到命運之神的深深眷顧。

直到有一天，
有人自稱是我的「姊姊」來到家中，
我才知道我還有其他兄弟姊妹，
原來我是爸媽領養的小孩。

悲劇就從這裡拉開了序幕，
我和他們相見了，也才知道，
我的生母，以及六個兄弟姐妹
全部罹患罕見遺傳基因疾病——小腦萎縮症。

無藥可救是這疾病的絕境。

我的兄弟姊妹中，已經有兩個人，
選擇離開這生命戰場了，
其他發病的兄姊就依賴唯一未發病的大姊照顧。

這是什麼荒謬的情節啊？
即使愛幻想的我也無法編造如此劇情，
可是我卻是劇中人。

五年前，我也病發了，
成為家族宿命中真正的一份子。

當我知道，
我將走路搖搖擺擺像隻企鵝，
說話口齒不清像隻鴨子，
甚至到後來會四肢癱瘓像一株植物時，
我生氣、憤怒，
甚至瘋狂到想毀滅這個世界……

據醫生說，
小腦萎縮症是遺傳性的罕見疾病，
患者通常三十到四十歲才會發病，
有時，一個家族會有六、七人發病。

目前全省約有一萬名小腦萎縮症病患。

在這場穩輸不贏的人生戰役中，
我該要奮鬥不懈，或是棄械投降？

To be or not to be.

要或不要？

我也陷入了哈姆雷特的困境中。

就在此刻，

唐吉訶德荒謬地迎戰風車巨人的畫面，

跳入腦海，

自己也像是無可選擇的

被上天冊封為「生命戰士」。

當我看到我的一對兒女；
當我想到，
還有將近一萬個跟我有著相同遭遇的朋友，
我就無法安靜等待生命落幕。

我要利用僅剩的一口氣，
搖旗吶喊地阻止悲劇之神，
繼續作弄人們的遺傳遊戲，
讓小腦萎縮症遺傳病，
就在我們這一代消失。

這個夢，很大。

每當有人笑我像螳螂振臂擋車時，
我就會告訴自己，
向前衝啊！

因為，
我就是那位夢幻騎士——唐吉訶德。

國家圖書館出版品預行編目資料

城市睡美人=Sleeping Beauty Do'nt Cry /
李燕文字；Ajohn繪圖.－－
初版.－－臺北市：大塊文化，2003【民92】
面； 公分.－－(catch；59)

ISBN 986-7975-93-6(平裝)

859.6　　　　　　　92008537

編號：CA 059　書名：城市睡美人

 讀者回函卡

謝謝您購買這本書，爲了加強對您的服務，請您詳細填寫本卡各欄，寄回大塊出版 (免附回郵) 即可不定期收到本公司最新的出版資訊。

姓名：_____**身分證字號：**_____

住址：_____

聯絡電話：(O)_____ (H)_____

出生日期：_____年_____月_____日 E-mail:_____

學歷：1.□高中及高中以下　2.□專科與大學　3.□研究所以上

職業：1.□學生　2.□資訊業　3.□工　4.□商　5.□服務業　6.□軍警公教
7.□自由業及專業　8.□其他_____

從何處得知本書：1.□逛書店　2.□報紙廣告　3.□雜誌廣告　4.□新聞報導
5.□親友介紹　6.□公車廣告　7.□廣播節目8.□書訊　9.□廣告信函
10.□其他_____

您購買過我們那些系列的書：
1.□Touch系列　2.□Mark系列　3.□Smile系列　4.□Catch系列
5.□tomorrow系列　6.□幾米系列　7.□from系列　8.□to系列

閱讀嗜好：
1.□財經　2.□企管　3.□心理　4.□勵志　5.□社會人文　6.□自然科學
7.□傳記　8.□音樂藝術　9.□文學　10.□保健　11.□漫畫　12.□其他_____

對我們的建議：_____
_____
_____

LOCUS